SOUNDIATA KEITA

Le fils prodige du Mandé

Groupe Guimba Production et Communication
Baguinéda
République du Mali
editionsdumande@yahoo.fr

5-7, rue de l'École-polytechnique ; 75005 Paris

http://www.librairieharmattan.com
diffusion.harmattan@wanadoo.fr
harmattan1@wanadoo.fr

ISBN : 978-2-296-56439-8
EAN : 9782296564398

Aboubacar Eros Sissoko

SOUNDIATA KEITA

Le fils prodige du Mandé

Mali

Préface de Yéra Dembélé

Du même auteur

Sadio et Maliba l'hippopotame, L'Harmattan, 2005.

La mort de Maliba l'hippopotame au temps des colonies, Éditions Monde Global, 2006.

Mariama Kaba du Mali, une enfance excisée, Harmattan 2007.

Chakozy, un drôle de chat, L'Harmattan, 2007.

Bakari Dian, le fils rebelle de Ségou, Éditions Anibwé, 2008.

Une enfance avec Biram au Mali, L'Harmattan, 2008.

Suicide collectif, Coédition L'Harmattan et les Éditions du Mandé, 2010.

Moriba-Yassa, une incroyable histoire d'amour, Coédition L'Harmattan et les Éditions du Mandé, 2010.

Une mort temporaire, Coédition L'Harmattan et les Éditions du Mandé, 2011.

La tourmente, les aventures d'un circoncis, Coédition L'Harmattan et les Éditions du Mandé, 2011.

Docteur Oumar Mariko, une légende vivante, Coédition L'Harmattan et les Éditions du Mandé.

Mais qui a tué Sambala ? Coédition L'Harmattan et les Éditions du Mandé.

À Omar Sylla, fondateur de Tropique Éditions.

À mon fils Biram Sissoko.

À mon père et tuteur Maciré Camara, ancien directeur de l'école fondamentale de Koulikoro

À mes neveux Mohamed, Isaac, Birama et Lamine Coulibaly.

À Nana Dravé, dite Fifi, véritable admiratrice de Soundiata Keïta le fondateur de l'empire du Mali.

À mon frère et ami Lassana Sissoko de Sefeto.

Aux descendants de Soundiata Keïta, le glorieux fils de Sogolon Diata : Maître Tidiani Guindo, Ibrahima Keïta, Diane Touré, Anssoumana Traoré, Djeneba Touré, Moussa Coulibaly, Mamadi Dramé, Sadia Diawara, Mamadou Coulibaly, Fatoumata Coulibaly, Noumou Dembélé, madame Keïta Hawa Sissoko et Fatoumata Juwara.

À Charlotte et Paul que je gardais au temps de mes études à Toulouse.

À Helia Galseran.

À Michèle Pecquery.

À Yves de la radio Palabres à Bruxelles et aux amis du Mali où qu'ils se trouvent.

Aux enfants du Mali, d'Afrique et du monde.

Préface

Bien que parfaitement connue, de façon plus ou moins consensuelle, par l'ensemble des Maliens, l'histoire de Soundiata Keïta reste largement empreint de légendes et de mythes.

À cette présentation sous forme de légendes vient s'ajouter la suprématie des sources écrites sur les sources non écrites. Ce qui diminue autant la véracité des récits aux yeux des nouvelles générations de moins en moins à l'écoute de la tradition orale.

Mais l'histoire de Soundiata, comme celle des autres rois et empereurs du Mali serait-elle aussi riche de symboles rendant facile et agréable sa transmission orale de génération en génération sans cette présentation mythique et légendaire ?

À travers ce nouvel ouvrage, Aboubacar Eros Sissoko vient contribuer à cette richesse inépuisable de l'Histoire de Soundiata en apportant sa part de vérité à des récits bien ancrés dans la conscience collective des descendants des peuples de l'empire du Mali. L'auteur veut faire de ce livre, et c'est louable, une œuvre contribuant à redonner le goût de la lecture et de la découverte du Mali d'hier, « le début d'une longue série de récits historiques dédiés exclusivement aux enfants et adolescents de son pays dont l'avenir est menacé par l'échec scolaire ».

Il permettra à un lecteur adulte, bien au fait de l'histoire de Soundiata, de se ressourcer et de découvrir les faces cachées de la défaite du roi Soumangourou Kanté.

Mis à part l'emprunt légendaire, cet ouvrage nous

enseigne sur un autre phénomène toujours d'actualité, le talon d'Achille des hommes incarnant le pouvoir ou la puissance publique et qu'on retrouve encore à nos jours.

À qui et comment Soumangourou Kanté a-t-il confié le secret de son invincibilité ?

C'est là une des questions que l'auteur s'est efforcé de traiter à travers un récit d'apparence ludique et donc très agréable à lire.

Ainsi, jeunes, écoliers, étudiants, adultes et, pourquoi pas, politiciens d'Afrique et d'ailleurs y trouveront matière à approfondir leur connaissance de l'histoire de Soundiata Keïta et des leçons à retenir pour le présent.

Yéra Dembélé

Note de l'auteur

Il y a de cela aujourd'hui huit cent soixante-seize ans que disparaissait Soumangourou Kanté. Roi, forgeron de caste, ingénieux chasseur et sorcier d'envergure, l'homme a marqué son règne par des excès de toutes sortes. Depuis, les griots et les chanteurs à travers la tradition orale, les historiens par leurs écrits n'ont jamais cessé de transmettre son épopée à travers les siècles.

Ce récit, comme tant d'autres, s'avère plein d'enseignements et de richesses profitables à chacun pour une meilleure compréhension du Mali contemporain.

Je ne prétends pas être le premier ou le dernier à écrire sur Soundiata Keïta. Bien d'illustres aînés ont balisé le terrain avant moi. La tradition orale est la source où chacun s'abreuve pour se renseigner, apprendre, passer le témoin. Force est de reconnaître qu'on ne peut parler de l'histoire du Mali en faisant abstraction de Soundiata Keïta, le fils de Sogolon. Il fut incontestablement un bâtisseur, le *Mansa*[1] .

---

[1] Mansa : roi des rois.

Soumangourou Kanté

Lorsque l'empire du Ghana éclata, un roi fit beaucoup parler de lui en Afrique de l'Ouest pour ses nombreuses exactions.

Il se nommait Soumangourou Kanté, issu de la classe des forgerons ; on le surnomma : le roi forgeron. Habillé d'un boubou traditionnel il marchait d'un pas rapide, tenant à la main une queue de buffle, symbole de la chefferie et du pouvoir.

Les hommes se demandaient souvent si Soumangourou était un homme ou un esprit. Ses exploits comme ses excès firent de lui un homme à part dans l'histoire du Mali. Soumangourou Kanté régna au XIIIe siècle dans le royaume du Sosso. Considéré comme un roi sorcier, doué de pouvoirs magiques qui le rendaient invulnérable, il faisait régner la terreur dans toute la région.

Pendant son règne dans le royaume du Sosso, même les griots qui devaient le conseiller tremblaient en sa présence. Jamais ils ne se seraient permis la moindre critique. Ils se contentaient de faire son éloge.

- Kanté ! Soumangourou Kanté ! Kanté ! Soumangourou Kanté ! « *Djinè ni mogo té kelegné habada* ». Jamais l'homme n'égalera le diable. Grand Roi ! Personne ne peut te détrôner. C'est vrai ! Rien n'est le fruit du hasard. Le pouvoir ne se transmet pas aux lâches, aux incapables. Ô grand roi ! Tous les hommes ne sont pas nés pour régner. Tu ne tiens le trône de personne. Tu le dois à la force de ton bras, à l'ardeur de ton âme guerrière, à ta volonté de vaincre. Mais aussi et surtout à la bénédiction de tes ancêtres. Oui, notre Mansa !

Toi qui as la bénédiction des dieux de la forêt et du génie des eaux et du feu, toi qui es né sous la bonne saison des pluies, toi qui es né de la digne femme du Sosso, toi qui as reçu de l'éléphant le secret de sa force et du scorpion son venin ! Maître du feu et de la braise ardente ! Kanté ! Les hommes ont peur du feu, toi le forgeron tu t'amuses avec. Ton pouvoir crépite de mille feux.

Soumangourou Kanté était doué dans l'art de la sorcellerie ; la magie n'avait pas de secret pour lui. En temps de guerre, il savait se transformer en essaim d'abeilles pour surprendre, semer la panique, étouffer et déloger l'ennemi. Rien ne l'inquiétait ni ne l'effrayait sur terre.

Quand il dormait, les arbres, les oiseaux et les animaux domestiques se taisaient pour ne pas le déranger.

Soumangourou inspirait une crainte terrible. Lorsqu'il élevait la voix, les enfants dans le ventre de leur mère tremblaient de frayeur. Ceux attachés à leur dos pissaient de frayeur. Quant aux rois des autres régions, ils cédaient sans condition à ses exigences.

Le roi forgeron disposait d'une grande armée commandée par son neveu Fakoli Doumbia appelé également Fakoli koumba[1] et Fakoli daba[2]. Fakoli était le fils de sa sœur de lait Kankouba Kanté appelée Kassia.

Fakoli avec son armée ne reculait devant aucune guerre ni bataille pour son oncle qu'il

---

[1] Énorme tête.

[2] Grande gueule parce qu'aucune vérité ne lui brûle la bouche.

adorait et qui représentait à ses yeux le symbole du pouvoir.

Fakoli Doumbia était petit de taille mais sa cruauté était sans limite. Lorsqu'il s'énervait, il grandissait et grossissait démesurément. Personne ne savait s'il avait un cœur qui battait dans sa poitrine tant il était cruel.

Pendant son règne, le souverain habitait un palais royal dans un petit paradis de verdure.

Divers espaces étaient aménagés pour ses nombreux loisirs dont une écurie réservée à son pur-sang noir. Parfois, il passait de nombreuses heures à le contempler en train de brouter.

Il possédait également une chambre où personne n'était admis, même pas ses épouses. Soumangarou aimait y passer du temps à jouer du balafon, sa passion.

Le *sosso-bala*[1], l'ancêtre des balafons du Sosso serait son œuvre.

La légende dit qu'un jour, au cours d'une promenade dans la brousse lointaine, le roi sorcier rencontra des génies qui jouaient d'un instrument qu'il n'avait jamais vu. Il décida de reproduire cet instrument qu'il venait de voir dans les mains des génies. À peine rentré dans son palais, il se mit à l'œuvre.

Cet instrument fait de ses mains prit place dans sa chambre privée. Nul n'avait le droit d'y toucher.

Si quelqu'un enfreignait la règle, il était aussitôt exécuté.

Certains soirs, il organisait des veillées animées par des musiciens et des chanteurs

---

[1] Sosso-bala : signifie le balafon du royaume de Sosso.

qui faisaient revivre ses chasses et ses victoires par des paroles élogieuses.

Alors Soumangourou, assis au milieu de ses innombrables épouses, ressentait une grande fierté et buvait des calebasses de dolo[1] jusqu'au petit matin.

[1] Bière de mil.

La prédiction

À cette époque très lointaine, à Niani, dans la capitale du Mandingue, petit royaume d'Afrique de l'Ouest, les oracles prédirent ceci au roi Naré Maghan Konaté : Deux jeunes chasseurs viendront à la cour accompagnés d'une jeune femme laide. Le roi devra l'épouser car elle lui donnera un jour un fils qui deviendra un roi d'une grande renommée, dont le nom traversera les océans et qui vaincra le roi sorcier Soumangourou Kanté.

Le roi Naré Maghan Konaté fut heureux d'entendre de telles paroles. Il était déjà marié à Sassouma Berthé et de cette union était né un fils du nom de Dankaran Touman.

En ce temps-là, dans la savane herbeuse du royaume, un buffle d'une grande cruauté terrorisait la population et dévastait les champs. Le chef de la vallée promit d'offrir une forte récompense au chasseur qui tuerait ce terrible buffle. Mais les chasseurs qui partaient à sa poursuite se faisaient tuer les uns après les autres.

Un jour, deux jeunes chasseurs, Oulamba et Oulani, partis à la recherche du buffle, rencontrèrent une vieille femme qui portait un lourd fardeau. Les deux jeunes hommes l'aidèrent. Touchée par leur généreuse attention, la vieille femme leur révéla qu'elle pouvait prendre n'importe quelle apparence et qu'elle était le buffle qu'ils cherchaient.

Elle leur dit :

- Je me transforme en buffle pour me venger de la méchanceté des hommes. Quand vous m'aurez tuée, tranchez-moi la tête.

Puis elle se transforma en buffle et se laissa abattre. Oulamba et Oulani tranchèrent la tête du buffle et soudain surgit une jeune fille laide et bossue. Elle se présenta :

- Je m'appelle Sogolon Koudouma.

Effrayés par cette apparition, Oulamba et Oulani conduisirent la jeune fille à la cour du roi Naré Maghan.

À leur arrivée dans la cour royale, les devins n'eurent aucune peine à reconnaître en Sogolon la future mère de celui qui sauverait le Mandé.

Le roi, se rappelant la parole du devin, l'épousa aussitôt. Elle devint ainsi, comme les esprits l'avaient prévu, la deuxième épouse du roi mandingue.

La même année, elle fut enceinte et mit au monde un adorable petit garçon que le roi nomma Soundiata.

La veille de sa naissance fut une nuit mémorable. Une pluie torrentielle se déversa du ciel en abondance sur toute l'étendue du Mandé. Ce signe annonciateur marqua les esprits pendant de longues années.

L'espoir du peuple ne venait-il pas d'arriver au monde ? Attendons ! se disaient les anciens.

Pendant plusieurs jours, les habitants défilèrent dans la cour royale pour contempler ce beau bébé dont on parlait tant.

L'entourage du roi le surnomma *Kaladiata, Maridiata,* l'enfant lion, l'enfant buffle.

Soundiata était un enfant souriant et gai qui n'avait jamais une parole blessante envers quiconque. Soundiata grandit bien élevé et aimé de tous.

Malheureusement cet enfant si gentil était infirme. Il était incapable de se tenir debout et de faire le moindre pas. Sogolon, sa mère, était malheureuse et inquiète pour l'avenir.

Les jours passaient.

Ceux qui voyaient Soundiata ramper étaient impressionnés par la puissance qu'il dégageait. Il était musclé, avec la poitrine légèrement bombée.

Attentif et patient, Soundiata observait avec intelligence et clairvoyance tout ce qui se déroulait autour de lui. C'était un enfant qui ne laissait personne indifférent. Quant au roi, il s'interrogeait : « les devins ne se sont-ils pas trompés ? Mon fils parviendra-t-il à devenir roi malgré son handicap ? »

Pour se réconforter, il se disait : « on ne choisit pas son cheval de bataille au son du claquement de ses sabots. On l'essaye au galop. »

Même si les habitants n'osaient pas en parler ouvertement le doute planait dans les esprits sur le sort incertain de cet enfant tant attendu.

Les feuilles de baobab

Un matin, Sogolon, qui manquait de condiments, alla demander à sa coépouse, Sassouma Berthé, quelques feuilles de baobab pour préparer la sauce du repas.

À cette demande, Sassouma, malveillante et jalouse, répondit avec un sourire moqueur :

- Va dire à ton fils paralytique d'apprendre à grimper dans les arbres pour te procurer des feuilles de baobab. Le mien à son âge savait parfaitement se débrouiller seul.

Blessée, la pauvre Sogolon fondit en larmes et décida de ne plus rien demander à sa coépouse. Elle retourna rapidement chez elle et trouva son fils handicapé entre les marmites et les calebasses en quête de nourriture. À sa vue, désespérée, elle cria :

- Honte à toi, Soundiata, enfant de case. Maintenant tu as l'âge de grimper dans les arbres. Mais tu ne fais que ramper à quatre pattes en te faufilant entre les ustensiles de cuisine. Honte à toi, mon fils ! Plus personne ne veut me donner des feuilles de baobab.

Sur ces derniers mots, Sogolon s'enfuit dans sa case.

Alerté par le bruit de ses sanglots déchirants Soundiata rampa lentement à l'intérieur de la case jusqu'au pied de sa mère. Là, il leva sa tête, plongea son regard dans celui de sa mère, et lui annonça :

- Maa[1], de quoi me parles-tu ? Je ne comprends pas, je ne suis pas responsable de mon handicap et de ta souffrance. Je veux que tu sois la femme la plus heureuse que la

---

[1] Expression bambara qui signifie mère ou maman.

terre ait connue. Que veux-tu donc ? Maa, calme-toi et sèche tes larmes. Maa, ça suffit ! J'en ai assez, assez des moqueries, des insultes et de l'humiliation que tu essuies au quotidien. Maa, s'il te plaît, fais-moi appeler Balla Fasséké, le griot de la cour. Aujourd'hui, je vais me tenir debout ! Maa, aujourd'hui, je vais marcher.

De grosses larmes de rage coulaient sur le visage de Soundiata. Tout en se traînant par terre, il les essuyait du revers de son boubou flottant et poussiéreux.

Il hoquetait avec peine ; sa mère le calma et alla chercher Balla Fasseké qui arriva aussitôt.

Soundiata lui dit d'un air résolu :

- Aujourd'hui, je vais marcher, personne ne pourra m'arrêter. Apportez-moi un bâton robuste et droit taillé dans l'arbre que les malinkés appellent *Sounsoun*[1]. Aujourd'hui, devant tous, je vais me tenir debout sur mes jambes et je marcherai.

Balla Fasséké apporta un robuste bâton en bois. Alors, joignant le geste à la parole, Soundiata s'appuya dessus avec énergie.

Dans la manœuvre, il le brisa en tentant vainement de se redresser.

À cet instant, le griot plein d'espoir s'écria :

- Jamais au grand jamais, l'eau plate ne peut se fermenter sans raison. *Thio bélébélé… Dankoroba… Patissakana… Babaliba… Waraba den*[2]… Soundiata, le proverbe dit : « seul l'animal qui reste longtemps enfermé dans sa

---

[1] Pomme cannelle.

[2] Le fils du lion en langue bambara.

tanière ressort plus beau, plus grand et plus fort.»

Une dernière fois, Balla Fasséké s'exprima en langue Soninkhé[1] :

- *Adama gnaniké*[2]...

Soundiata hurla alors :

- Allez dire au forgeron du village de m'envoyer la barre de fer qui m'est destinée. Aujourd'hui, je vais m'en servir pour marcher quoi qu'il arrive...

On alla avertir le forgeron qui revint rapidement avec une épaisse barre de fer.

La barre de fer prit aussitôt la forme d'un arc sous le poids de l'enfant lion.

Soundiata, après beaucoup d'efforts et de souffrances, se souleva peu à peu enfin.

---

[1] Groupe ethnique.
[2] La limite en langue soninkhé.

Debout, tout tremblant, le corps couvert de sueur, il tenta un premier pas. De petits pas en petits pas, il finit par marcher. Malgré la déformation que subissait la ferraille sous l'effet de son poids, il ne céda pas d'un pouce et réussit miraculeusement à se maintenir debout pour la première fois de sa vie, en réaction aux affronts qu'avait subis sa mère.

D'abord stupéfaite, Sogolon s'exclama :

- Ce n'est pas possible !

Elle n'en croyait pas ses yeux et restait figée de stupeur ; puis elle chanta face au miracle qui se déroulait dans la vaste cour familiale :

Ayé bo, ayé bo moussolou ayé bo,

Soundiata tamana

ayé bo moussolou Mandé moussolou ayé bo

Tamandiata tamana !

Ayé bo, ayé bo tièbalou ayé bo,

Soundiata tamana

Mandé tièbalou, Mandé moussolou ayé bo

Mandédiata tamana !

Sortez, sortez les femmes, sortez !

Soundiata a marché !

Sortez, les femmes du Mandé !

Les femmes, sortez !

Tamandiata a marché !

Tamandiata, Tamandiata marche !

Tamandiata, Tamandiata marche !

Sortez, sortez les hommes, sortez !

Soundiata a marché !

Sortez, les hommes du Mandé !

Les femmes, sortez !

Mandédiata a marché !

Sogolondiata marche !

Marche Diata, marche Diata, marche !

Soutenu par la chanson de sa mère, Soundiata laissa tomber la barre de fer et marcha. Les habitants s'approchaient pour voir et écouter afin de pouvoir le raconter plus tard.

La mère de Soundiata chanta de nouveau :

Écureuils, lièvres, singes,
Éléphants, panthères, tigres, léopards
Cachez-vous. Le lion a marché. Simbo !
Place ! Faites place au soleil levant.
Place ! Faites place à la lune dormante.
Place ! Faites place à l'enfant prodige.
Place ! Faites place à Sogolon Diata,
Soundiata.

Encore aujourd'hui les griots du Mandé psalmodient ce chant lors des grandes occasions.

Balla Fasséké se tourna vers Sogolon et improvisa :

Sogolon,
Il n'est pas donné à toutes les épouses,
D'enfanter un futur grand roi.
C'était écrit.
Ton étoile vient de s'arracher
Du ciel obscur.
Sa lumière éclairera
Le Mandé de ses mille feux.
Le fils du lion, le fils du buffle
S'est tenu debout.
Demain sera un autre jour.
Sogolon,
Le sort en est jeté.
La roue de l'histoire tourne.
Personne ne peut l'arrêter.
Du sud au nord, d'est en ouest.
Ce qui est fait est fait.

Le peuple attendait ce jour de longue date.
Sogolon,
Tu peux dormir tranquillement.
Demain a beau être loin,
Le soleil finira par se lever.
Le nuage qui cachait le soleil
Vient de se dissiper.
Le Mandé a connu des femmes,
Des hommes en grand nombre,
Mais jamais d'une telle envergure.
L'espoir est là,
Il s'appelle Soundiata Keïta.
Chacun peut se relever
Pourvu qu'il le veuille.

Un jour, Soundiata sortit du village en promettant de déraciner un baobab pour le planter devant la case de sa mère.

- Maa, dit-il d'un ton assuré, désormais, les enfants et les femmes du village viendront se ravitailler en feuilles de baobab devant ta case.

Et Soundiata passa du verbe à l'action. Il arracha un tronc de baobab tout entier qu'il vint déposer devant la porte de sa mère.

Quelque temps plus tard, la chasse aux petits et aux gros gibiers commença. Patient et adroit, Soundiata ne rentrait jamais bredouille d'une expédition de chasse.

Souvent, il rentrait les bras chargés de perdrix, de pintades sauvages, d'autres fois de lièvres. Quand la chance lui souriait, il ramenait une antilope portée sur l'épaule.

Face aux exploits de Soundiata, fils prodige du Mandé, Sassouma Berthé et son fils-roi étaient dévorés de jalousie.

À la mort de Naré Maghan Konaté, Dankaran Touman, le premier fils, prit le pouvoir malgré la volonté du roi défunt de respecter la prédiction.

Sogolon, son fils et ses filles furent contraints à prendre la route de l'exil vers le royaume du Mena en raison de l'influence grandissante qu'exerçait sur son fils Sassouma Berthé, la première épouse.

Plusieurs jeunes gens, porteurs d'armes du Mandingue, rejoignirent le fils de Sogolon par groupes de vingt, de cinquante, de cent, voire plus…

Le jeune prince était devenu très populaire auprès des Mandingues qui espéraient qu'il chasserait un jour les envahisseurs. Sa popularité croissante inquiétait terriblement le roi forgeron du Sosso, à qui des sorciers avaient prédit : « Ton vainqueur naîtra dans le Mandé ».

Soumangourou Kanté, roi du Sosso, décida d'attaquer le royaume mandingue.

Les habitants du Mandé allèrent chercher Soundiata Keïta dans son exil et celui-ci décida d'entraîner tous ces hommes qui voulaient déclarer une guerre sans merci à Soumangourou.

Nos ancêtres ont coutume de dire : « L'homme ne suit que son destin. Cependant, même la destinée est malléable pourvu qu'on veuille donner une orientation à sa vie. »

Dankara Touman, furieux de voir les hommes s'aligner derrière le fils de Sogolon, était convaincu qu'un jour ou l'autre Soundiata allait lui ravir le pouvoir.

L'obsession d'éliminer son demi-frère germa peu à peu dans sa tête. Il envoya le griot de la cour offrir sa petite sœur Nana Triban en mariage à Soumangourou Kanté en lui demandant de l'aider à se débarrasser du fils de Sogolon.

Les avis divergent sur la suite de l'histoire. Une source dit que, contre toute attente, Soumangourou excédé par cette ruse décida de combattre Dankaran Touman. Il envahit le royaume du Mandé, massacrant tout sur son passage, et Dankaran Touman s'enfuit effrayé devant lui.

Une deuxième version raconte que Nana Triban, devenue l'épouse du roi, parvint à lui soutirer le secret de son invincibilité et en informa Soundiata.

La troisième, méconnue du grand public, dit que Soumangourou Kanté, roi du Sosso, envahit le royaume du Mandé en dévastant tout.

Alors Soundiata jura de se venger.

La bataille de Kirina

Lorsque Soundiata s'apprêta à entrer en conflit avec Soumangourou, il y avait une mésentente entre celui-ci et son général et neveu Fakoli.

Un jour, Soumangourou convoqua Fakoli dans sa chambre pour discuter avec lui.

Chacun croyait qu'une guerre se profilait à l'horizon. Généralement, les deux hommes se rencontraient pour mettre au point la stratégie de la guerre à venir.

Lorsque son neveu se tint en face de lui, le roi de Sosso lui dit :

- Neveu, Keleya, ton épouse jeune et belle, n'est pas une femme pour toi. J'apprécie les plats cuisinés de ses doigts de fée. Ils sont si succulents qu'il m'arrive parfois de vouloir avaler mon pouce avec. Elle est digne d'un roi.

Sur ces derniers mots, Fakoli prit congé de son oncle et, de retour chez lui, se confia à son épouse qui lui confirma que le roi n'arrêtait pas de lui faire des avances. Lorsqu'elle cuisinait au palais, Soumangourou essayait toujours de la séduire.

Cependant, Keleya ne voulait pas trahir son mari qu'elle aimait profondément.

À cette révélation, Fakoli, jaloux, dit à son épouse :

- Tu m'es fidèle et j'adore mon oncle. C'est le frère de ma mère. Tu es mon épouse et donc sa belle-fille. Comment peut-il penser te séduire ? Sans me vanter, le pouvoir de mon oncle repose sur moi depuis longtemps. Je me vengerai.

Après une longue réflexion, Fakoli jugea nécessaire de rencontrer Soundiata Keïta en personne. Il lui envoya un émissaire.

Dans le camp adverse, cette demande éveilla la méfiance. Soumangourou ne voulait-il pas se débarrasser de Soundiata ?

Les magiciens attachés au service du fils de Sogolon Diata dirent que Soundiata devait le rencontrer. Le bonheur était sur le chemin. Fakoli était guidé par de bonnes intentions. Il était porteur d'une nouvelle inattendue et réconfortante qui méritait d'être entendue. Le proverbe dit : *le serpent qui se camouffle détient à son actif mille chances pour grandir*.

Fakoli Doumbia alla voir Soundiata en cachette. Dès son arrivée, on l'introduisit à la cour royale. Après les salutations d'usage,

Soundiata lui souhaita la bienvenue en ces termes :

- Apportez de l'eau à boire pour notre aimable visiteur. Tu es le bienvenu, Fakoli Koumba, Fakoli Daba, tu es ici chez toi, je t'écoute.

Une fois l'eau bue, le fils de Sogolon fendit une noix de kola en deux, en croqua une moitié et offrit l'autre à Fakoli.

Les deux hommes se regardèrent longuement en mâchant la noix de Kola.

Soudain, Fakoli rompit le silence et dit :

- Soundiata, je suis venu t'apporter mon soutien. Mon oncle Soumangourou veut me déposséder de ma femme. Face à l'interdit, la notion d'âge, de camaraderie ou de parenté disparaît. Jamais je ne lui pardonnerai. Malgré le grand nombre d'épouses qu'il possède déjà, il veut m'enlever la mienne.

Aujourd'hui, je suis venu t'offrir le secret de l'invincibilité de mon oncle. Au terme de ce combat, tu régneras paisiblement sur le Mandé. Retiens bien que ni le fer, ni le bâton, ni les cailloux ne peuvent le blesser. Soumangourou est un véritable sorcier. Mon père, son beau-frère, fut son maître spirituel. Il dispose de soixante façons différentes pour se transformer et venir à bout de son ennemi. Seul l'ergot d'un coq blanc âgé de sept ans peut avoir raison de lui.

Fakoli venait de donner à Soundiata le secret de l'invincibilité de son oncle.

Le fils de Sogolon le remercia. Fakoli repartit aussitôt sans mot dire. Il enfourcha son cheval et prit le chemin du retour au galop.

Le jour de la grande bataille arriva.

D'un côté comme de l'autre, les troupes étaient prêtes pour combattre corps et âme. En froid avec son neveu à cause de Keleya, Soumangourou l'avait destitué de son rang de général et l'avait remplacé par Massa « tourou kelen[1] » pour conduire la bataille.

À l'horizon, de nombreux combattants surgirent avec Soundiata à leur tête. Ils venaient de différents royaumes. Parmi ces combattants, il y avait Mema, le roi des Tounkara, avec la moitié de ses combattants. À Siby, Kamadjan Camara les avait rejoints avec son armée. Plus loin, Tiramagan et ses hommes l'avait rejoint. Accompagné par ces illustres guerriers, Soundiata pénétra dans le Mandé.

L'heure de la vengeance avait sonné.

---

[1] Tourou kelen : signifie en langue bambara « être pur ».

Lorsque les hommes du Sosso aperçurent des ennemis, ils s'agitèrent, inquiets.

Plus les hommes de Soundiata avançaient, plus la peur augmentait. Massa « tourou kelen » tenta vainement de mobiliser ses troupes :

- Guerriers, préparez-vous pour le combat. Nos ennemis sont là.

Surmontant leur peur, les guerriers enfourchèrent leurs chevaux les armes au poing. Alors, contre toute attente, Fakoli se jeta sur celui qui l'avait remplacé en le rouant de coups.

Massa « tourou kelen » s'en tira avec les deux bras et les deux jambes fracturés.

Pour sauver l'honneur, le fils de Soumangourou, Sosso Balla, s'avança vers son cousin et les deux hommes engagèrent un féroce corps à corps au milieu des troupes éberluées.

Fakoli attrapa Sosso Balla par la taille, le souleva de terre et le terrassa. Il l'attacha avec une liane et l'abandonna sur place. Sosso Balla eut beau se débattre de toutes ses forces, aucun combattant n'osa le détacher.

L'attitude de Fakoli avait suscité la panique dans les rangs des combattants.

Ils comprirent que Fakoli ne serait pas au rendez-vous de cette bataille. Alors leur crainte de s'engager dans un combat dont ils devinaient l'issue fatale s'amplifia.

La peur de devenir des prisonniers de guerre et de finir leur existence en esclavage occupait désormais les esprits. Chacun essaya alors de sauver sa tête en s'enfuyant.

Ne pouvant plus compter sur ses troupes, Soumangourou décida de prendre son destin en main. N'était-il pas trop tard ?

Il ne lui restait plus qu'à s'enfuir.

Les guerriers du fils du lion, quant à eux, avançaient vers la victoire. Sans perdre de temps, le roi forgeron s'enfuit dans un galop effréné devant ses adversaires. Mais c'était sans compter sur la détermination de Soundiata Keïta et de son propre neveu Fakoli qui se lancèrent aussitôt à ses trousses.

Les sabots des chevaux martelaient le sol, projetant des gravillons de toute part.

Personne n'aurait jamais cru qu'un jour Soumangourou aurait pu fuir devant un être humain.

Que pouvait-il contre la détermination du fils de Sogolon, Soundiata Keïta ? Que pouvait-il contre son propre neveu qu'il avait trahi et qui l'avait trahi à son tour ?

Un nuage de poussière rouge indiquait leur présence à l'armée royale de Soundiata, qui commençait à crier victoire.

Le soleil commençait petit à petit à glisser à l'horizon et la poursuite continuait.

Pour la première fois, Soumangourou se retrouvait en position de faiblesse face à un ennemi de taille.

Soudain, Fakoli fit signe à Soundiata de passer à l'attaque. Le fils de Sogolon ôta de son carquois la flèche garnie de l'ergot du coq blanc âgé de sept ans. Il visa Soumangourou et tira. La flèche ricocha sur le cou de Soumangourou.

Et le temps s'arrêta.

Les troupes défaites laissèrent tomber leurs armes. Bien que la mort rôdât autour du roi sosso, celui-ci galopa dans l'obscurité et pénétra rapidement dans les grottes des Nianans de Koulikoro. Tout à coup, il frissonna et, à la vue du sang dégoulinant sur ses épaules, il perdit tout espoir et s'effondra peu à peu sur son cheval.

La nuit étant tombée, Fakoli conseilla à Soundiata de ne pas le suivre dans les grottes. Il savait que son oncle disposait de terribles fétiches capables de changer le cours du combat.

Soundiata suivit ses conseils et ils montèrent la garde à tour de rôle jusqu'au petit matin avant de se lancer à sa recherche.

Toute la journée, ils le cherchèrent, mais leurs efforts furent vains. Aucune trace du souverain sosso. Durant plusieurs jours ils le cherchèrent sans résultat. Soumangourou avait disparu sans laisser de traces.

Le jour de l'annonce de la disparition de Soumangourou, personne ne dormit dans tout le royaume du Mandé. L'accueil des troupes de Soundiata fut triomphal.

Les tambours résonnèrent à la ronde. Chacun savourait cette fête où chants d'allégresse et pas de danses jaillissaient.

Une autre source raconte que la plus jeune femme de Soumangourou, une demi-sœur de Soundiata, profita de l'euphorie d'une soirée bien arrosée pour extorquer à son mari le secret de sa force et de sa puissance. Cette même nuit, Nana Triban enfourcha le plus grand coursier de l'écurie royale pour rejoindre son frère Soundiata. Grâce à cette démarche secrète, la grande bataille qui allait avoir lieu à Kirina verrait la victoire de Soundiata.

Aujourd'hui encore, il semblerait que l'on ressente la présence de Soumangourou dans les grottes.

Souvent, les enfants jouent à prononcer son nom au cœur des Nianans de Koulikoro en ces termes :

- Est-ce que Soumangourou est encore là ?

La réponse à leur question leur revient en échos faisant vibrer les grottes :

- Encore là, encore là, encore là...

Alors, dans leur imaginaire, il n'y a plus aucun doute : Soumangourou vit toujours, physiquement mort, mais son esprit reste vivant dans la nature.

À ce jour, nul ne sait où repose le cruel roi sorcier du Sosso.

Est-il toujours quelque part aux environs de Koulikoro ?

Après sa victoire éclatante à Kirina Soundiata Keïta rassembla le peuple du Mandé et lui dit :

- Peuple du Mandingue, mon peuple, tu as suffisamment payé de ton sang le prix de ta liberté. Oui, nous avons labouré sans pouvoir semer, nous avons semé sans pouvoir sarcler, nous avons sarclé sans pouvoir récolter, nous avons récolté sans pouvoir manger. Maintenant, tout est fini ! La détresse est derrière nous. Les enfants peuvent librement s'amuser dans les mares, les rivières et l'eau du grand fleuve. Les paysans, les éleveurs, les artisans, les pêcheurs, les commerçants, les ouvriers, chacun peut désormais vaquer à ses occupations sans tracasserie. Ensemble fêtons chaleureusement notre dignité retrouvée. Unissons-nous pour bâtir un monde meilleur et sauvegarder la terre des ancêtres.

Et voilà comment naquit l'empire du Mali, l'un des plus grands empires de l'Afrique de l'Ouest.

Avec le temps, Soundiata réussit peu à peu à fédérer de nombreux royaumes autour de lui. Il fut proclamé *Mansa* « Roi des rois ».

Il établit la capitale à Niani, sa ville natale, aujourd'hui un petit village situé en République de Guinée, à proximité de la frontière malienne. Lors de son intronisation, la confrérie des chasseurs du Mandé proclama la Charte du Manden, qui est l'une des premières déclarations des droits de l'homme qui abolit par la même occasion l'esclavage.

Soundiata fut un grand administrateur pendant son règne. Il ont développer avec intelligence le commerce, l'exploitation de l'or et de nouvelles cultures. Il organisa politiquement et administrativement les peuples soumis, grâce à l'implantation d'une solide organisation militaire. Les chefs de ses armées avaient valeur de gouverneurs de province.

Soundiata, outre ses exploits guerriers, est connu pour sa sagesse et sa générosité. Sa tolérance et son ouverture d'esprit permirent la coexistence harmonieuse et pacifique de l'islam et de l'animisme dans son empire.

D'après les Anciens, Soundiata Keïta le fondateur de l'empire du Mali est mort, noyé dans les eaux du Sankarani pour les uns, tué d'une flèche par traîtrise ou accidentellement lors d'une fête à Niani selon les autres.

À sa mort, l'empire du Mali qu'il avait édifié s'étendait de l'Atlantique au Moyen-Niger en passant par la forêt et le grand désert.

Table des matières

L'Harmattan, Italia
Via Degli Artisti 15; 10124 Torino

L'Harmattan Hongrie
Könyvesbolt ; Kossuth L. u. 14-16
1053 Budapest

L'Harmattan Burkina Faso
Rue 15.167 Route du Pô Patte d'oie
12 BP 226 Ouagadougou 12
(00226) 76 59 79 86

Espace L'Harmattan Kinshasa
Faculté des Sciences sociales,
politiques et administratives
BP243, KIN XI
Université de Kinshasa

L'Harmattan Congo
67, av. E. P. Lumumba
Bât. – Congo Pharmacie (Bib. Nat.)
BP2874 Brazzaville
harmattan.congo@yahoo.fr

L'Harmattan Guinée
Almamya Rue KA 028, en face du restaurant Le Cèdre
OKB agency BP 3470 Conakry
(00224) 60 20 85 08
harmattanguinee@yahoo.fr

L'Harmattan Côte d'Ivoire
M. Etien N'dah Ahmon
Résidence Karl / cité des arts
Abidjan-Cocody 03 BP 1588 Abidjan 03
(00225) 05 77 87 31

L'Harmattan Mauritanie
Espace El Kettab du livre francophone
N° 472 avenue du Palais des Congrès
BP 316 Nouakchott
(00222) 63 25 980

L'Harmattan Cameroun
BP 11486
Face à la SNI, immeuble Don Bosco
Yaoundé
(00237) 99 76 61 66
harmattancam@yahoo.fr

L'Harmattan Sénégal
« Villa Rose », rue de Diourbel X G, Point E
BP 45034 Dakar FANN
(00221) 33 825 98 58 / 77 242 25 08
senharmattan@gmail.com

653792 - Mai 2016
Achevé d'imprimer par